어서 오세요.

여기는 365일 행복을 굽는

거친 귀요미들의 세계입니다.

RHK
알에이치코리아

2023 오늘도 빵먹일력

1판 1쇄 인쇄 2022년 10월 6일
1판 1쇄 발행 2022년 11월 15일

지은이 주쓰

발행인 양원석 **편집장** 김건희 **책임편집** 서수빈
디자인 신자용 **영업마케팅** 윤우성, 박소정, 정다은, 백승원

펴낸 곳 ㈜알에이치코리아
주소 서울시 금천구 가산디지털2로 53, 20층(가산동, 한라시그마밸리)
편집문의 02-6443-8903 **도서문의** 02-6443-8800
홈페이지 http://rhk.co.kr
등록 2004년 1월 15일 제2-3726호

ISBN 978-89-255-7736-4 (02810)

"2023년은 크림빵처럼 부드럽고 달콤하게 보내세요!"

이렇게 외치고 싶지만 올해도 분명

검게 탄 빵 같은 날이 있겠죠?

그런 날에도 하루의 시작은

소소한 웃음으로 맞이했으면 하는 마음으로

《2023 오늘도 빵먹일력》의

빵들을 구워 봤습니다.

글·그림 주쓰

'다운타운믹스주쓰'의 세계에서
귀엽고 조금 이상한 친구들의 도시 생활을 그립니다.
비장함 없이 소소한 웃음으로
여러분의 마음을 빼앗고 싶습니다.
출간 도서로는 《침대에서 의자까지》,
《HOME SWEET HOME 주쓰 컬러링북》이 있습니다.

홈페이지 downtownmixjuice.com
인스타그램 @oojuiceoo
트위터 @oojuiceoo_

매일 귀엽고 조금 이상한 빵들을 만나다 보면

내일은 어떤 빵을 만나게 될지 기대하게 될 거예요.

그렇게 당신의 소중한 매일이

갓 구운 빵처럼

따끈 말랑 폭신해지길 바랍니다.

그럼 날씨 좋은 날 빵 들고 만나요!

주쓰맵

누가 뭐라고 해도 내가 제일 잘나가~

✧ 일력 사용법 ✧

《2023 오늘도 빵먹일력》에는 '빵'을 주제로 하루 한 장, 총 365개의 일러스트를 수록했습니다. 자주 먹는 빵부터 상상의 빵, 빵을 주제로 한 다운타운믹스주쓰 친구들의 이야기까지 알차게 담았답니다. 눈길이 자주 닿는 자리에 두고 귀엽지만 어딘가 파괴적인 친구들이 보내는 힘을 느껴 보세요. 맨 뒤까지 넘기면 반대편의 하반기 일력과 스페셜 테마를 만날 수 있습니다. 특히 하반기 끝에 수록한 스페셜 테마 페이지는 특별한 날이나 그날의 감정에 맞춰 사용해 보세요.

2023년, 빵빵한 한 해 보내시길 바랍니다.

갓생살자

오늘만큼은 나도 갓생 살아 볼게!

일요일의 빵모임

신입 회원 면접 중

충전 중입니다.
기력이 없어 보여도 이해해 주세요.

휴가 중

지금 열심히 놀고 있으니까
연락하지 마세요, 아시겠어요?!

내 생일

오늘은 나의 날!

모두 모두 생일 축하해 주세요.

《2023 오늘도 빵먹일력》에 등장하는
회원님들을 소개합니다!

헬토끼

빵모임의 창단 멤버. 빵으로 맺어진 우정은
목숨 걸고 지켜야 한다는 의리짱 토끼.

🍞 빵모임에 참가한 이유: 빵은 사랑이다.

빵모임 회원소개

나나

빵모임의 창단 멤버.
평화롭게 빵만 먹고 싶은데
세상엔 화나는 일이 너무 많다.

🍞 빵모임에 참가한 이유:
 헬토끼가 같이 하자고 해서

쥐순이

온화한 표정으로 조용히
빵만 먹고 가는 낭만주의자.

🍞 빵모임에 참가한 이유:
 딱히 할 일도 없고 빵을 좋아해서

DEC  SUN

2023년 마지막 날

2023년 수고한 우리 모두 참 잘했어요!

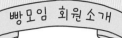

빵모임 회원소개

캔디

최근 들어 빵의 매력에
빠진 열혈 회원.

🍞 빵모임에 참가한 이유:
힘들이지 않고
다양한 빵을 먹어 볼 수 있다.

부들부들

팽초미

사실 분식을 더 좋아하는
이 동네 최고 질투왕 펭귄.

🍞 빵모임에 참가한 이유:
나 빼고 즐겁게 노는 게
질투나서

DEC 　30　 SAT

좋은 날, 좋은 사람들과 좋은 빵~^^
#에클레르 파티

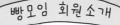

팬팬

유행에 민감하고
노는 게 좋은 유쾌한 판다.

🎩 빵모임에 참가한 이유:
최신 유행빵의 정보를
얻을 수 있다.

쥐쥐

행씨

빵모임 회원은 아니고
현재 가장 유명한 빵 전문 인플루언서.
햄씨가 다녀간 빵집은
줄을 서서 구매할 각오를 해야 한다.

DEC  FRI

2023년이 이렇게 끝나다니….
여보세요, 나야. 올해 잘 지냈니?

상반기

1월 1일 ~ 6월 30일

DEC **28** THU

소박한 내 지갑 사정을 알아주는 건
깨도넛 너뿐이야.

JAN   SUN

신정

검은 토끼의 해 기념 염색 성공
올해는 나의 해!

DEC **27** WED

원자력 안전 및 진흥의 날

복숭아빵 먹고 분홍빛 2024년 꿈꾸기

JAN MON

새해 첫 빵이 운을 좌우한다.
복주머니빵

DEC **26** TUE

크리스마스에 남은 뷔슈 드 노엘 먹기

JAN TUE

헛둘

헛둘

새해에는 다이어트도 빵도 포기 못 해.
다이어트 첫날은 단백질 현미빵

성탄절

예수님 생신 축하축하!
우리는 슈톨렌 먹을게요.

JAN   WED

새해맞이 다이어트 2일 차,
건강에 좋은 흑미 식빵

DEC **24** SUN

진정한 빵순이라면 빵나무 정도는 만들어 줘야죠.

새해맞이 다이어트 3일 차,
글루텐프리 저당 단백질 폭탄빵

DEC 23 SAT

예약한 케이크를 찾아 집으로 가는 즐거운 발걸음

JAN      FRI

소한

다이어트 작심삼일 기념
딸기 생크림케이크 잔뜩

전국에 계신 팥빵 여러분, 여기로 모여 주세요!

JAN 7 SAT

2023년 새해맞이
빵집 투어 준비 완료!

최고의 퓨전 디저트, 인절미 다쿠아즈

JAN   SUN

배부르게 빵 먹고 뒹굴뒹굴
일요일의 묘미죠.

DEC   WED

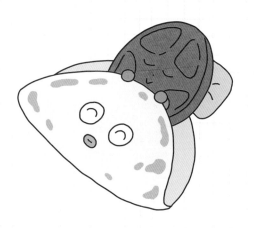

폭신한 토르티야 이불 덮고 자자.

믿기지 않는 월요일
달걀 듬뿍 샌드위치로 힘내기

DEC   TUE

궁극의 초콜릿 케이크, 자허토르테

JAN 10 TUE

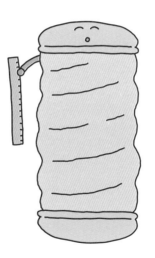

K-마카롱, 그 끝은 어디인가?

DEC   MON

버터 듬뿍 식빵 + 생크림 + 꿀 = 허니브레드
더 이상의 자세한 설명은 생략한다.

JAN WED

추운 날씨엔 갓 구워 따끈한 호박 파이

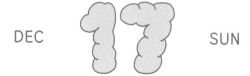

DEC **17** SUN

크리스마스 케이크 예약 완료!

JAN **12** THU

레몬 마들렌으로
오늘의 비타민 충전 완료!

DEC 16 SAT

연말 준비물: 탄수화물을 품을 대단한 위장

JAN 13 FRI

미니슈 한입에 마시며 거인 코스프레

DEC   FRI

척

갓 튀긴 멘보샤와 맥주 조합,
말하지 않아도 알아요.

JAN   SAT

빵을 너무 사랑한 나머지
베이킹에 손을 대고 마는데….

하나 둘...

시미트에 붙은 깨는 몇 개일까?

JAN **15** SUN

빵은 역시 사 먹는 게 최고다.

참을 수 없는 모카번의 향기

JAN 16 MON

척
척

겨울 필수템 잊지 말기!
붕어빵을 위한 주머니 속 3000원

DEC **12** TUE

영희네 미용실 저리 가라! 스위트롤

JAN  TUE

모카빵 속 건포도
호? 불호?

DEC 11 MON

이름부터 너무 귀여운 야무진 꿀빵

JAN 18 WED

짭짤한 거 당기는 날에는 소시지빵

DEC 10 SUN

올해 크리스마스 케이크 라인업 확인하기

JAN 19 THU

쌉싸름한 맛이 일품인 초코 사브레

올해도 결국 빵순이에게 다이어트란 없었다.

JAN **20** FRI

대한

추운 날에는
호호 불어서 먹는 단팥 호빵

DEC

FRI

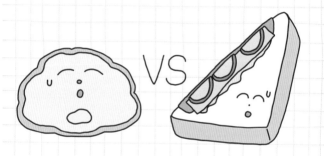

VS

제2회 빵 밸런스 게임

크림이 손톱만큼 슈크림 vs. 속재료 1/3 샌드위치

JAN **21** SAT

가족과 함께 조물조물
빵 반죽하기

DEC

7

THU

대설

모자 대신 쓰기 좋은 구겔호프
(※가루 날림 주의)

JAN 22 SUN

설날

토끼의 해를 맞아
토끼빵 만들기 대회

미국 어린이들의 점심 도시락을 책임지는
피넛버터 앤드 젤리 샌드위치예요.

JAN **23** MON

작품명: 어제 만든 말랑토끼요정찐빵

한국 레시피와 프랑스 빵의 만남,
대파 바게트는 아주 좋은 합작이었습니다.

JAN **24** TUE

대체공휴일

설탕
뿌리는 중

갓 튀긴 시장 꽈배기가 갓(GOD)

DEC   MON

감자 포카치아, 너의 고소함을 고소한다.

JAN　　　　WED

연휴는 또 언제 오나?
울분의 마라맛빵

소비자의 날

나름 절제해서 샀는데요?

JAN 26 THU

앙

목요일에는 목욕하면서 만주를 앙!

DEC   SAT

크리스마스 케이크는
미리미리 결정해야 하는 거 아시죠?

JAN  FRI

스콘에는 잼인가, 크림인가?
그것이 문제로다. 둘 다 바르자!

12월을 화려하게 시작하는 크로캉부슈

JAN **28** SAT

틈틈이 신상빵 체크해요.
얼리어빵터의 자리, 놓치지 않을 거예요.

베이킹 초보도 만들기 쉬운 LA 찰떡 파이

JAN 29 SUN

빵 사러 떠나면 그것이 빵 여행

NOV · WED

당신의 취향에 투표하세요!
식빵 구울 때 버터 넣고 vs. 버터 없이

JAN 30 MON

← 부스러기

어른도 아이도 좋아하는
제가 바로 국민빵, 소보로빵입니다.

NOV 28 TUE

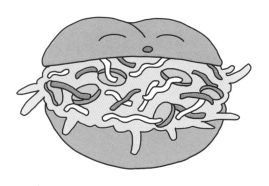

샐러드빵인 거 알지만 사라다빵이라고 부를래요.

JAN **31** TUE

올해가 벌써 한 달이나 지났다고?
눈물에 젖은 빵 첫째

NOV   27   MON

공갈빵 먹는 월요일.
내 마음도 텅 빈 것처럼 공허해.

채소 고로케와 함께 산뜻하게 시작하는 2월

NOV · SUN

부들부들

한정 판매 빵이라니….
질투나 죽겠어!

FEB

2

THU

다시 건강 좀 챙겨 볼까? 통밀빵

한정 판매 빵을 손에 넣었다면
SNS에 올리는 것이 인지상정!

FEB   3   FRI

한국 수어의 날

부드러워

헤 헤

난 누구에게나 부드럽고 촉촉한 카스텔라

NOV **24** FRI

따뜻한 키슈로 든든하게 속을 채워요.

FEB SAT

입춘

봄바람 인가?

봄이다. 봄! (아직 추움)

NOV **23** THU

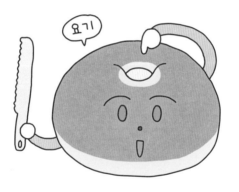

요기

요건 몰랐지? 흰 앙금빵도 있다는 걸~

와작와작 부럼 깨기
치아는 소중하니까 조심하기

NOV **22** WED

소설 / 김치의 날

헤헤

김치의 날을 맞이해
치즈 김치빵을 만들어 보았습니다.

FEB   MON

잉글리시 머핀으로 시작하는 아침!
머핀 기운이 샘솟아요.

NOV 21 TUE

화요일의 기력 보충을 위한 전복빵

FEB

TUE

기분이 복잡할 땐 기본으로 돌아가자!
BLT 샌드위치

NOV **20** MON

엉덩이는
한개인가
두개인가

보들보들 아기 엉덩이 같은 크림치즈빵

FEB WED

선물하기 좋은 파운드케이크,
가끔은 나에게 선물하기

NOV  SUN

아동 학대 예방의 날

빵보다 중요한 건 어린이가 존중받는 세상!

FEB   THU

치아바타의 뜻은 '슬리퍼'래요.
우리 좀 닮았죠?

NOV **18** SAT

빵

CLOSE

진정한 빵 광인이라면
신상 빵을 위해 밤샘도 가뿐하죠.

불금을 축하하며
볼타는 매운맛 카레 고로케

순국선열의 날

초코칩 쿠키와 함께 오후의 티타임

FEB 11 SAT

빵집 갈 땐 빵바구니
챙기는 거 잊지 말기

NOV 18 THU

대학수학능력시험

수능을 망칠 수능 없지~
찹쌀떡 먹고 찰싹 붙어!

FEB 12 SUN

와아

빵 쇼핑하는 햄씨의 레전드 악력

말차 디저트계의 금메달은 말차 티라미수죠.

FEB 13 MON

푸ー짐

앉은 자리에서 혼자 1캉파뉴 가능?

(가능)

NOV
TUE

찬바람 불면 생각나는 그 맛!
노릇노릇 구워진 채소 듬뿍 길거리 토스트

FEB **14** TUE

밸런타인 데이

가끔은 달콤한 편의점 초코빵 추천

어떤 식자재라도 삼키는 무시무시한 피타 브레드

FEB **15** WED

사실 문어는 안 들어간 문어빵

NOV **12** SUN

당분간 밥 대신 빼빼로 먹어야 할 듯….

FEB   THU

와글   와글

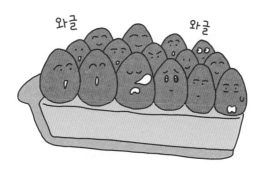

딸기 많은 조각 내 거!
딸기가 오밀조밀 한가득 딸기 타르트

빼빼로 데이 / 농업인의 날

내년부터는 꼭 돈 주고 사기로 했어.

FEB   FRI

앙버터 먹으면 귀여워지나앙?

NOV **10** FRI

힘써 주시는 농업인 여러분 감사합니다.
빵 안 남기고 먹을게요(애초에 남긴 적 없음).

FEB   18   SAT

내가 제일 좋아하는
샌드위치 조합 말해 보기

NOV

THU

소방의 날

매운 빵 먹을 때는 불나지 않게 조심하기

FEB

19

SUN

우수

눈이 다 녹는 날이래요.

누드빵인 저에게는 너무 추운 계절이에요!

FEB **20** MON

눅눅한 월요일
오렌지 피낭시에로 상큼함 장착 완료!

NOV   TUE

클라푸티로 남은 과일 처리 성공!

FEB **21** TUE

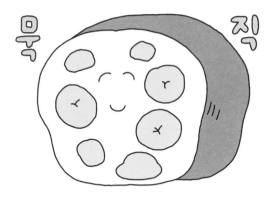

무거울수록 맛있는 밤빵

리빙 포인트: 호밀빵은 급할 때 무기로 쓸 수 있다.

FEB **22** WED

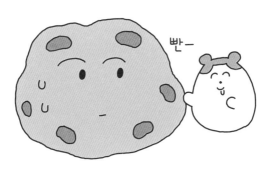

크랜베리 스콘의 크랜베리를 노리는 햄씨

NOV SUN

소상공인의 날

빵 충동 구매로 작은 빵집 응원하기

FEB 23 THU

조리시간 3분 컷 참치 마요 샌드위치
오늘만은 참지 마요.

점자의 날

가을을 만끽하는 빵크닉

NOV  FRI

학생 독립운동 기념일

소금
소금

소금
소금

전국의 미니 소금빵 다 모여라!

이제 밖에서 빵 먹기 좋은 날씨
(※개인차 있음)

NOV   **2**   THU

드디어 왔다! 호떡이 맛있는 계절

FEB **26** SUN

처음 보는 빵 어떤 맛일지 상상하기

NOV  WED

토핑이 넘칠 정도로 들어가야 맛있는 크레이프

FEB  MON

고구마 케이크 좋아하는 게 죄는 아니잖아!!!

OCT

31

TUE

핼러윈 데이 / 금융의 날

빵 안 주면 장난칠 거예요!

FEB **28** TUE

2·28 민주운동 기념일

깔

끔

깔끔 단정한 맛 우유 식빵

OCT **30** MON

양파 샌드위치 먹으면 양치 필수 인정?

MAR WED

삼일절

대한 독립 만세!

OCT  SUN

지방자치의 날

여러분, 빵칼이 괜히 따로 있는 게 아닙니다.

MAR

THU

3월부터가 진짜 새해 시작인 거 알지?

From. 토끼찐빵스

OCT **28** SAT

교정의 날

빵에게 부끄럽지 않도록 착하게 삽시다.

MAR FRI

납세자의 날

세금 꼬박꼬박 잘 내고 있다고요.
눈물에 젖은 빵 둘째

OCT   FRI

빵계의 보석이라 하면 진주 조개 마카롱이죠.

MAR

SAT

새해_계획_세우기_최종_수정_진짜최종_.jpg

에그타르트로 오단완(오늘 단백질 섭취 완료).

실천 가능한 새해 계획: 유명한 빵집에 가기

OCT **25** WED

독도의 날

가을이잖아요. 당연히 몽블랑 먹어야죠!

MAR   MON

경칩

겨울잠에서 깰 시간이야, 친구들아!

OCT 24 TUE

상강 / 국제연합일

김 토스트 저 믿고 만들어 보세요. 진짜 맛있어요.

MAR   TUE

소풍 가고 싶으니까 김밥 롤케이크

OCT **23** MON

중양절

조심조심 포크로 눌러 보는
폭신폭신 수플레 치즈 케이크

MAR WED

여성의 날 / 3·8 민주의거 기념일

여성의 날의 상징인 빵과 장미.
빵은 '생존권', 장미는 '참정권'을 의미합니다.

OCT 22 SUN

달콤한 초코도넛

캔디가 가장 좋아하는 빵은 무엇일까요?

MAR THU

저는 교양만큼 크림도
넘치는 크림빵이에요.

OCT **21** SAT

경찰의 날 / 문화의 날

빵도 미술관에 전시해야 하는 게 아닐까?

MAR  FRI

지금이 계란빵 먹을 마지막 기회!
보이면 무조건 사 먹어!

OCT   FRI

오랜만에 건강 챙기는 시늉이라도 하자!
쌀로 만든 채소빵 냠냠

MAR SAT

빵겔지수 폭발
빵 먹었더니 파산 위기

OCT  THU

뭐라도 씹고 싶은 날엔 식빵 러스크

MAR **12** SUN

오늘의 빵 게임
크림 많이 든 빵을 뽑은 사람이 승자!

OCT **18** WED

라즈베리 무스케이크처럼 수(스)무스한 수요일

MAR  MON

공휴일이 천년 남은 듯
천 겹의 밀푀유

OCT **17** TUE

바게트 피자 나 혼자 다 먹을 거야. 말리지 마!

MAR  TUE

화이트 데이

사탕이 너무 달다고요?
그럴 땐 구수한 누룽지맛 사탕을 추천합니다.

OCT 16 MON

부마 민주항쟁 기념일 / 식량의 날

팬케이크는 산처럼 쌓아 먹어야 제맛

MAR  WED

상공의 날 / 3·15 의거 기념일

동네 빵집 사랑해조

빵덕후 선언문 하나,
동네 작은 빵집을 애용한다!

OCT **15** SUN

체육의 날

체육대회에서 제일 열심히 하는 빵 먹기 게임

MAR **16** THU

쌉쌀할수록 더욱 맛있는 초코크림빵

OCT **14** SAT

호스피스의 날

내일을 위한 빵 도시락 준비

너무 향긋해서 코에 넣고 싶은 쑥빵

미술관에 있어야 할 것 같은 양갱의 등장

MAR SAT

빵집 에티켓 하나,
빵 앞에서는 떠들지 말자!

OCT   THU

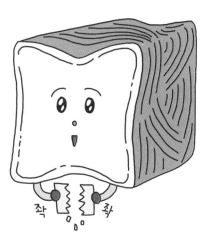

좍   좍

결에 따라 찢어 먹는 재미가 있는 데니시 식빵

MAR **19** SUN

빵집 에티켓 둘,
일단 집어 올린 빵은 사자!

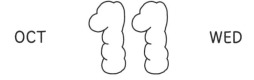

OCT 11 WED

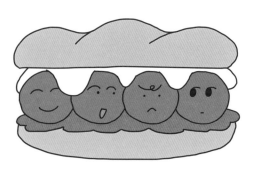

파괴적인 비주얼의 미트볼 샌드위치
(칼로리도 파괴적)

제1회 빵 밸런스 게임

월요일 vs. 고추냉이 한가득빵

OCT   TUE

임산부의 날 / 정신건강의 날

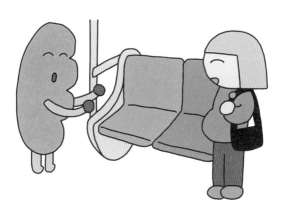

임산부석 비워 두는 건 빵들도 아는 상식이랍니다.

MAR 21 TUE

춘분

봄인데 내 기분 완전 개나리, 개나리빵

OCT   MON

한글날

빵 이름 우리말로 바꾸기 캠페인
갈레트 데 루아 → 왕의 서양과자

MAR  WED

세계 물의 날

물 아껴 씁시다!

OCT SUN

한로 / 재향 군인의 날

이제 빵집까지 걸어가도 땀이 나지 않아.

MAR **23** THU

국제 강아지의 날

똑닮은 빵

세상 모든 강아지 건강하고 행복하세요.

OCT SAT

호빵처럼 통통한 손이 귀여워.

MAR  FRI

서해 수호의 날

소라 나팔 부는 초코 소라빵

OCT   FRI

육쪽마늘빵 창시자님이 계신 방향으로
큰절 올립니다.

MAR  SAT

어스 아워

지구를 위해 저녁 8시 30분부터
1시간 동안 소등해 주세요.

세계 한인의 날

먹어도 먹어도 질리지 않아.
언제나 먹을 수 있는 깨찰빵

MAR 26 SUN

빵빵한 운동 하나,
집에서 빵집까지 왕복 걷기

OCT WED

세계 동물의 날

브라우니

식빵

블루베리
타르트

머핀

고르기 어려울 정도로 맙다고!

비건빵도 맛있다는 게 빵계의 정설!

MAR **27** MON

빵 이름: 아 왜 또 월요일빵

OCT TUE

개천절

마늘빵과 쑥빵만 있다면 100일 버티기?
야, 너도 할 수 있어.

MAR 28 TUE

빨미까레로 팬플룻 연주해 본 거 나뿐임?

OCT

2

MON

노인의 날

어르신빵을 공경하자.

MAR 29 WED

크루아상은 싱크대 앞에 서서 먹는 게 국룰

OCT **1** SUN

국군의 날

내일 하루만 버티면 다시 꿀 같은 휴일이 온다.

MAR  THU

브라우니는 '전자레인지에 15초'와
가장 잘 어울려요.

SEP **30** SAT

나 호두과자 먹으러 휴게소 가잖아.

MAR   FRI

금요일엔 금덩어리빵
(점점 지쳐가는 드립)

29

추석

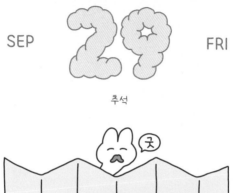

조상님, 올해는 빵 어떠세요?

APR **1** SAT

만우절 / 수산인의 날

나는 사실 빵이 미치도록 싫다!!!

SEP **28** THU

오늘만큼은 빵 대신 송편! 즐거운 추석 보내세요.

APR 2 SUN

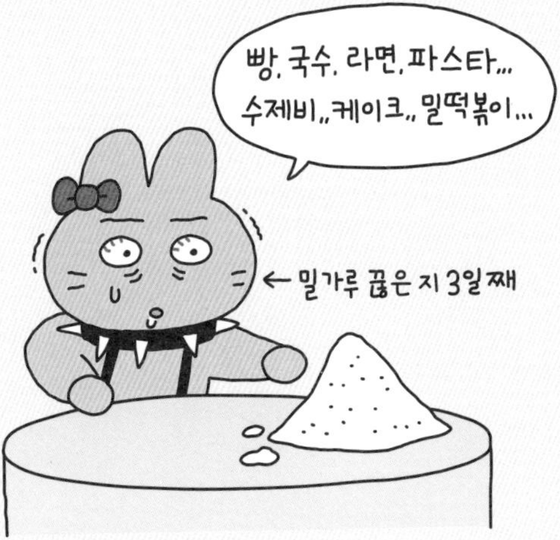

하얀 가루가 필요해.
국가가 허락한 유일한 그 가루, 밀가루.

SEP **27** WED

구수한 고구마빵 아주 맛있구마!

APR MON

4·3 희생자 추념일

마음을 위로하는 옛날 크림빵

SEP  TUE

아름다운 이스파한 마카롱 먹으며
아름다운 하루 보내기로 해요.

APR

TUE

종이 안 쓰는 날

아니요, 오늘만큼은 절 감싸지 마세요.

SEP **25** MON

치즈 버거로 일주일 힘내자!

APR WED

식목일 / 청명

나무와 함께 살아가요.
빵도 나무도 우리도 모두 다 소중해!

SEP **24** SUN

소시지 잔뜩! 치즈도 케첩도
너무 맛있는 피자빵이 좋아.

질투왕 팽초미가 가장 좋아하는 빵은 무엇일까요?

APR   THU

한식

오들   오들

쿠키슈는 차가울수록 맛있슈~

추분

천고마비? 빵 먹을 핑계 +1

APR FRI

보건의 날 / 향토예비군의 날

건강하게 근육(빵)빵

SEP 22 FRI

세계 차 없는 날

환경에도 건강에도 좋은 걷기

APR   8   SAT

금강산도 빵후경~
꽃놀이에 맛있는 빵이 빠질 수 없지!

SEP THU

치매극복의 날

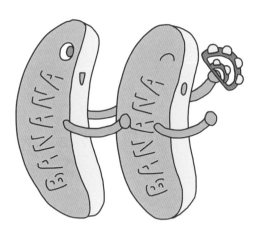

다 함께 즐거운 마음으로 바나나빵

APR   SUN

이번 일요일에는
시장으로 빵 투어 떠나 볼까?

SEP　20　WED

술빵 먹는다고 취하지는 않지만,
오늘만은 삐딱하게~

APR  MON

당근으로 산 당근 케이크

SEP   19   TUE

해적의 날

가진 빵 다 내놔! 해적빵의 등장

APR TUE

대한민국 임시정부 수립 기념일

우리 쌀 식빵으로 든든하게!

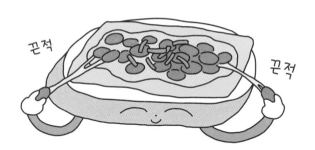

끈적

끈적

빵에 낫토 올려서 먹어도 은근히 잘 어울려요.

APR  WED

지글

지글

당장 누군가를 구워 버리고 싶다면?
그릴드 치즈 샌드위치를 구워요.

SEP SUN

빵이 크다고 좋은 건 아니었구나!

APR  THU

오늘 집에 돌아가는 길에는
생크림, 사과잼 잔뜩 넣은 와플 와앙!

크리스마스 D-100
100일 후에 슈톨렌 먹을 수 있어!

APR  FRI

블랙 데이

블랙 데이에 자장면만 먹으란 법 있나요?
오징어먹물빵 후루룹

SEP **15** FRI

귀여우니까 맛없어도 용서할게.
알록달록 컵케이크

빵순이들의 영화관 픽!
추로스, 핫도그 콤보

SEP **THU**

튀김 소보로

말해 뭐해? 소보로 튀기면 당연히 더 맛있지!

APR   SUN

국민안전의 날

우리 모두 잊지 않을게요.

SEP   WED

오늘 하루 녹색 음식 먹기를 게을리했나요?
그렇다면 바질 페스토 파니니를 추천합니다.

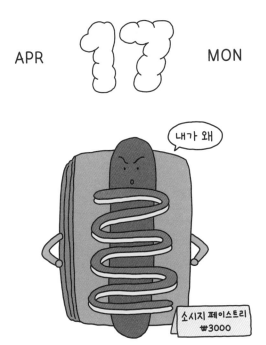

소시지가 들어간 빵을 고르면
하수처럼 보이지만 맛있는 걸 어떡해!

SEP **12** TUE

빈틈없이 꽉 찬 큐브 파운드케이크

APR  TUE

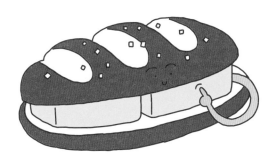

버터 들어가면 일단 맛있지.
버터 프레첼처럼

SEP   MON

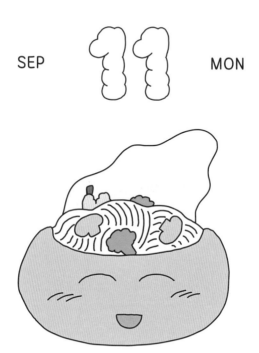

그릇 대신 빵이라니!
빠네 파스타 만든 사람은 천재야.

APR WED

4·19 혁명 기념일

작지만 용감한 방울빵들

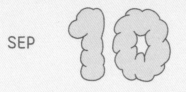

SEP **10** SUN

세계 자살예방의 날 / 9·10 해양경찰의 날

내가 제일 소중하다는 거 잊지 마!

APR 2 0 THU

곡우 / 장애인의 날

다양한 빵들이 마치 우리 모습 같아!

한국 고양이의 날

고양이에게 가장 잘 어울리는 빵, 꽁치 샌드위치

APR **21** FRI

과학의 날

내 이름은 과학빵,
빵을 연구하죠.

SEP  FRI

백로

바람 볼 때는 티라미수 조심!

APR **22** SAT

지구의 날 / 정보통신의 날

빵이 소중한 만큼
지구도 소중히!

SEP  THU

푸른 하늘의 날

구름이 빵 모양? 오히려 좋아.

APR **23** SUN

세계 책의 날

읽는 만큼 먹는 거다.

SEP WED

또우장 목욕하는 요우티아오

APR  MON

세계 실험동물의 날

가끔은 빵 대신 동물권 보장에
관심을 가져 보면 어떨까요?

SEP

5

TUE

화가 날 땐 와작와작 머랭 쿠키

건빵은 빵일까? 과자일까?

SEP MON

지식재산의 날

저로 말할 것 같으면~ 지적인 마들렌~

APR **26** WED

왜 탔냐고요?
그것이 바스크 치즈 케이크 맛의 척도니까(끄덕)

SEP 3 SUN

빵집 알바생 냐냐 솔직 심경 인터뷰2
"케이크 한 조각 남기고 환불 요청하는 사람 싫다!"

APR **27** THU

도깨비 방망이 대신 감자 핫도그

SEP 2 SAT

어쩌다 보니 빵드민턴
(빵으로 장난 금지)

APR  FRI

충무공 이순신 탄신일

신에게는 아직
12개의 거북이빵이 남아 있습니다.

SEP  FRI

뱀파이어도 마늘 바게트는 못 참지!

APR  SAT

리빙 포인트 하나,
남은 빵은 냉장 NO! 냉동 YES!

AUG **31** THU

미국 하이틴 영화처럼 바나나 푸딩 먹기

APR **30** SUN

프라이팬에 냉동한 빵과
얼음 한 조각을 넣고
뚜껑을 덮은 채
약불로 구워 주세용~

리빙 포인트 둘,
얼음 한 조각만 있으면 냉동한 빵도 새 빵으로!

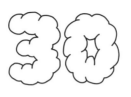

AUG 30 WED

헤헤

겉과 속 모두 아름다운 사과 케이크

MAY **1** MON

근로자의 날

일하느라 수고한 나에게 우유크림 듬뿍 도넛

AUG 29 TUE

제1회 잠봉뵈르 멋있게 발음하기 대회

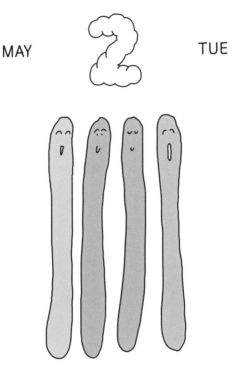

MAY   TUE

빵 주제에 나보다 날씬한 그리시니

AUG  MON

사랑의 하트 파이! 팔미에 등장~

MAY   **3**   WED

크림치즈 듬뿍 베이글로 든든한 아침!
바르면 바를수록 든든해져요.

AUG **27** SUN

괴로운 일요일 밤,
내일 먹을 빵 생각하며 잠들기로 합시다.

MAY THU

국제 소방관의 날

불닭빵 속 꺼진 불도 다시 보자.

AUG · 28 · SAT

세계 개의 날

우리와 가장 친한 친구들의 날! 축하축하

MAY FRI

어린이날

작고 소중한 어린이빵들 축하축하

AUG **25** FRI

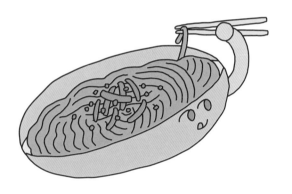

탄수화물(빵) + 탄수화물(면)
= 너무 맛있는 야끼소바빵

MAY 6 SAT

입하

초록초록한 토요일이야.

AUG **24** THU

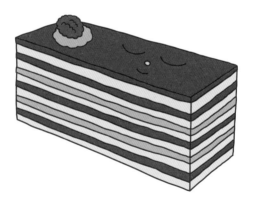

오페라케이크처럼 정교하게 계산된 목요일

단골임을 어필해 빵집 사장님이랑 친구하기

AUG 23 WED

처서

얘 원래 이름은 '스폴리아티네 글라사테'예요.

이제라도 알아주세요.

MAY   MON

어버이날

[속보] 부모님들, 플라워 케이크 말고 다른 걸 원해

AUG **22** TUE

칠석

크림 폭탄 롤케이크로 스트레스 타파

MAY   TUE

오늘 밤은 명랑하게 명란 바게트

AUG 21 MON

여름과 딱 어울리는 펑리수

MAY  WED

바다식목일 / 유권자의 날

세계 최초 바다 잠수에 성공한 빵

뜨거운 태양과 노릇노릇한 빵이라니,
여기가 천국인가?

MAY  THU

동학농민혁명 기념일

힘들 땐 구황 작물이 가득 들어간 감자빵!

AUG 　SAT

휴가에는 역시 빵지순례를 떠나야지.

MAY  FRI

국제 간호사의 날

따뜻하고 용감한 사람들을 응원하는 날

AUG 18 FRI

토치로 사-악, 달콤 바삭 크렘브륄레

MAY  SAT

빵빵한 운동 둘,
빵 반죽으로 삼두근 강화

AUG

17

THU

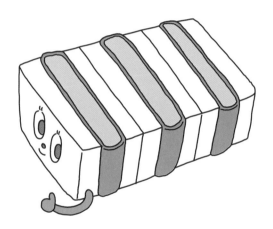

배고픈 목요일에 뚠뚠한 돈가스 샌드위치

MAY **14** SUN

식품안전의 날 / 로즈 데이

먹는 거 때문에 아프면 서럽잖아요.

AUG  WED

부추빵 먹고 얄밉게 부추기기

AUG  TUE

광복절

태극기 거는 거 잊지 마세요~!

MAY 16 TUE

꾸욱

기분이 꾸덕한 날엔 꾸덕한 말차 테린느

AUG 14 MON

크로플에 생크림 다섯 번 추가?
진행시켜.

MAY  WED

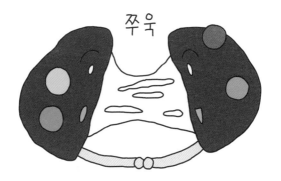

쭈욱

수요일엔 수(스)모어 쿠키

AUG  SUN

공든 빵탑이 무너지랴.

MAY  THU

5·18 민주화운동 기념일

광주에서 먹어 본 마음 든든 공룡알빵

빵도 질려 할 무더위 아닌가요?

MAY FRI

발명의 날

내가 만들지 못하는 빵은
내가 만들지 않는 빵뿐이다!

AUG   FRI

까맣게 잊고 싶은 순간, 먹물치즈빵

MAY 20 SAT

세계인의 날

파란 빵, 빨간 빵, 초록 빵 모두 같은 빵일 뿐.
최후의 승자는 고양이~

AUG 10 THU

말복

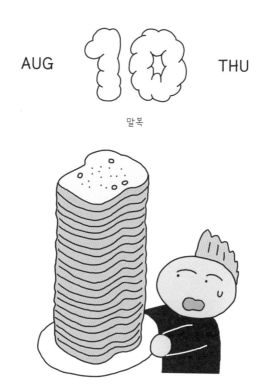

올해 말복엔 특별하게 옥수수 식빵 30장 먹어 볼게요.

MAY  SUN

소만 / 부부의 날

반대가 끌리는 이유

AUG

WED

마카롱 꼬끄, 우유에 말아 먹기 강력 추천!

MAY 22 MON

신상품 출시! 월요일 싫어빵

AUG TUE

입추 / 세계 고양이의 날

← 고양이 마들렌

모든 고양이 건강하고 행복해야 해!

MAY  TUE

크레이프 케이크는 한 겹씩 벗겨 먹으면 더 맛있어.

충격 실화! 빵은 얼려 먹어도 맛있다.
(당연)

MAY WED

이름값 레전드 더티 초코
혼자 있을 때 먹는 거 잊지 말기!

빵집에는 몇 시에 가는 게 좋을까요?

방재의 날

메론~

메론빵 너무 귀엽지 않나요?

AUG 5 SAT

한여름 밤의 빵.mp3

MAY 26 FRI

용돈 모아서 사먹었던 빵 아이스크림

AUG FRI

모든 금쪽이에게 주는 우쭈쭈빵

MAY  SAT

부처님 오신 날

부처님 생신 축하축하!
빵 드시고 만수무강하세요.

AUG 3 THU

크로넛만 있나? 크러핀도 등장!

MAY 28 SUN

빵집 명당: 빵을 먹는 동시에
빵을 구경할 수 있는 자리

맛있는 빵 + 맛있는 빵 = (더 맛있는)² 빵

MAY  MON

단짠의 진리 솔트 캐러멜 피낭시에로 월요일 잊기

AUG TUE

유두절

머리 감으면서 바움쿠헨 먹기 도전

MAY 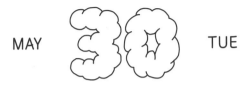 TUE

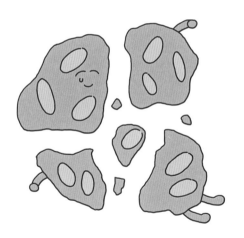

바사삭 다 부숴버려! 아몬드 튀일

JUL **31** MON

올리브 포카치아에서 올리브 뽑아 먹기

MAY  WED

세계 금연의 날 / 바다의 날

담배를 끊으면 빵도 더 맛있어질 거야.

JUL **30** SUN

쥐순이가 가장 좋아하는 빵은 무엇인가요?

JUN THU

의병의 날 / 세계 우유의 날

<우유를 따르는 빵>, 주쓰, 2023

빵집_인플루언서_햄씨의_빵_후기_2.txt

JUN  FRI

빨리 집에 가서 루스틱처럼 철퍼덕 눕고 싶다.

JUL  FRI

부드러운 브리오슈로 부드럽게 마음 달래기

JUN 3 SAT

세계 자전거의 날

[오늘의 미션] 자전거 타고 옆 동네 빵 쓸어 오기

JUL **27** THU

과일과 빵을 한 방에 먹는 간단한 방법!
(대) 과일 롤케이크 먹기 (박)

JUN SUN

빵집_인플루언서_햄씨의_빵_후기_1.txt

JUL   WED

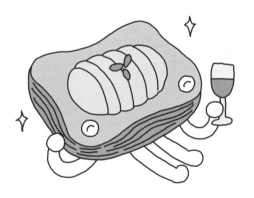

더운 오후, 망고 데니시 페이스트리로 사치 만끽

JUL 25 TUE

플뤼트로 플루트 불기 도전!
(플뤼트: 바게트보다 가늘고 가벼운 빵)

JUN TUE

현충일 / 망종

찰보리빵 먹으면 찰떡같이 힘이 솟지!

JUL  MON

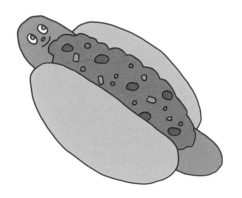

오늘 점심 메뉴는
월요일처럼 매콤한 칠리 핫도그 어때요?

JUN · WED

남은 빵도 다시 보자!
브레드 푸딩으로 변신 완료.

JUL **23** SUN

대서

지

쳐

치즈 케이크 빙수는 그냥 밖에서 사먹기로 합시다.

JUN · THU

맘모스빵으로 내일까지 조금만 더 힘내~

JUL 22 SAT

덥다! 오늘은 빵 말고 얼음으로 간다.

연유 바게트도 달고 금요일도 달다.

JUL **21** FRI

중복

채식하는 복날 어떠세요? 두부버거 왕왕 추천!

6·10 민주항쟁 기념일

누구나 좋은 빵집을 고르는 기준이 있다.

JUL

20

THU

얼그레이 머핀 향기로 잠시 현실 도피

JUN 11 SUN

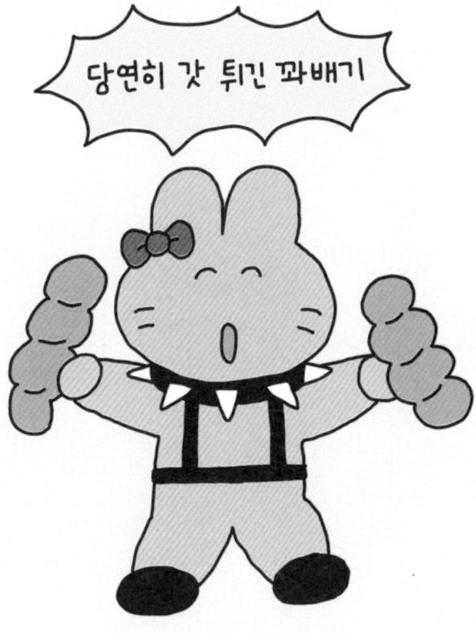

헬토끼가 가장 좋아하는 빵은 무엇인가요?

JUL WED

빵계의 벽돌

어이, 비스코티 먹을 땐 입천장을 조심해.

JUN   **12**   MON

글레이즈드 도넛으로 일주일 파워 충전

JUL   TUE

꽃빵에 고추잡채 얹어 먹으면 환상 그 잡채!

JUN **13** TUE

시나몬 롤의 향에 취하는 화요일

JUL **17** MON

제헌절

양파 베이글 + 아보카도 + 크림치즈
아주 천재 만재 조합이세요.

JUN **14** WED

사과 파이 먹고 사과할 용기 내기

JUL **16** SUN

빵집 알바생 냐냐 솔직 심경 인터뷰1
"손으로 빵 만지는 손님 그만 보고 싶다!"

노인학대 예방의 날

갓 구운 난과 카레 조합, 말해 뭐해?
얼른 내 입으로

JUL SAT

빵 상하면 나 정말 속상해.
빨리 먹든지 냉동실에 넣든지!

JUN 16 FRI

초코 에클레르로 달콤한 금요일에 건배!

JUL  FRI

아주 촉촉하고 부들부들한 콩찐빵

JUN   SAT

빵은 내 지갑을 찢어.

JUL 13 THU

뭣이?
평범?

햄 치즈 샌드위치처럼 평범한 것도 좋아.

JUN   SUN

빵집 차릴 생각? 하지도 마!

정보보호의 날

머리 땋기의 왕 할라 브레드

JUN  MON

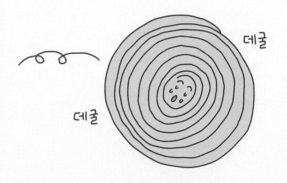

데굴

데굴

빙글빙글 퀸아망처럼 쳇바퀴 같은 우리의 하루

JUL 11 TUE

초복

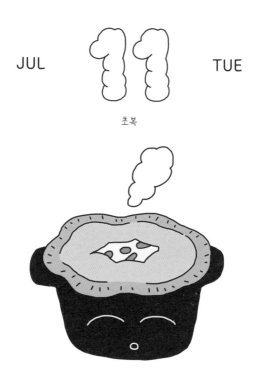

치킨 팟파이로 몸보신 고고

고소하고 싶으면 고소함 듬뿍
땅콩크림 소라빵

JUL 10 MON

ㅎㅎ

이번 주도 팥 코피 터지게!

JUN  WED

하지 / 해양조사의 날

길어진 낮과 잘 어울리는 태양빵

JUL   SUN

알지? 늦잠 자면 품절이야.

JUN **22** THU

단오

부담감에 터져 버린 딸기크림빵

JUL **8** SAT

오픈런도 운동이다.

JUN 23 FRI

종종 생각나는 엄마표 밥솥 핫도그
(촉촉함+밥풀은 보너스)

JUL

소서

FRI

저기요, 여기 얼음 찐빵 하나 주세요.

JUN **24** SAT

새로 오픈한 빵집을 보면 괜히 설레요.

JUL 6 THU

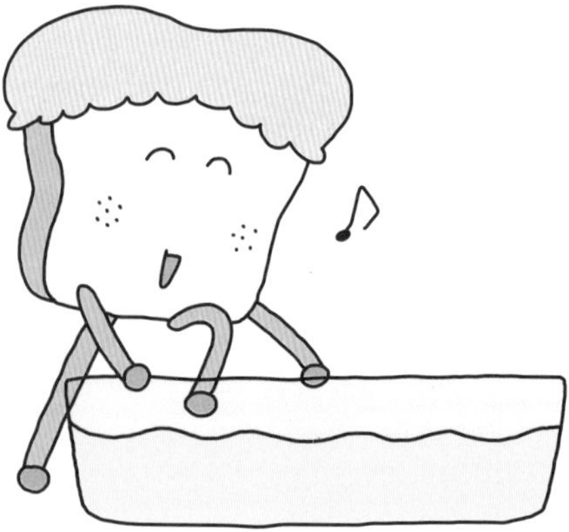

내일 먹을 프렌치토스트는 오늘 달걀 목욕

JUN  SUN

6·25 전쟁일

빵은 나누어 먹어야 더 맛있어요.

JUL   WED

슈(수)요일엔 슈크림빵

JUN   MON

쿠페빵을 모아 놓으면 왠지 마음이 든든해!

JUL  TUE

화요일엔 왜 더 화가 날까?

JUN   TUE

할아버지 생각나는 찹쌀 모나카

JUL MON

일회용 비닐봉투 없는 날

비닐봉투는 적게! 빵은 많이!

JUN  WED

철도의 날

힘차게 달려라 은하철도 기차빵

냐냐가 가장 좋아하는 빵은 무엇인가요?

JUN **29** THU

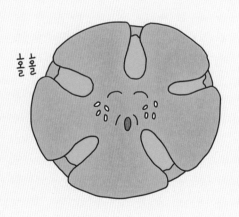

홀 홀

할머니가 좋아하는 완두 앙금빵

JUL SAT

더울 땐 빵집만 한 곳이 없지.

JUN **30** FRI

일년의 절반이 지나갔다니….
눈물에 젖은 빵 셋째